Jyngl Mam-gu

Colin West

Addasiad Non Vaughan Williams

Gomer

Nodyn i athrawon: *Ar wefan Gomer mae llu o syniadau dysgu a thaflenni gwaith yn barod i chi eu llwytho i lawr a'u defnyddio yn y dosbarth.*

Cofiwch ymweld â'r safle www.gomer.co.uk

Argraffiad Cymraeg Cyntaf – 2006

ISBN 1 84323 544 7

Cyhoeddwyd gyntaf ym Mhrydain gan
A & C Black Publishers Ltd., 37 Soho Square,
Llundain W1D 3QZ
dan y teitl *Granny's Jungle Garden*

ⓑ testun a'r lluniau gwreiddiol: Colin West, 1999 ©
ⓑ testun Cymraeg: ACCAC, 2006 ©

Cyhoeddwyd gyda chymorth ariannol Awdurdod Cymwysterau Cwricwlwm ac Asesu Cymru.

Dymuna'r cyhoeddwyr gydnabod cymorth Adrannau Cyngor Llyfrau Cymru.

Argraffwyd gan
Wasg Gomer, Llandysul, Ceredigion SA44 4JL

Pennod Un

Stori yw hon am fy mam-gu.
Dydw i ddim yn siŵr pa mor hen yw hi.
Pan fyddaf yn gofyn iddi, yr unig beth
sydd ganddi i'w ddweud yw,
'Dwi'n hŷn na ddoe, ond yn iau
nag yfory.'

Rwy'n mynd i weld Mam-gu yn aml.
Mae'n byw mewn tŷ pâr heb fod
ymhell oddi wrthom ni.

Mae ei thŷ hi'n debyg i bob tŷ arall yn y stryd . . .

Tŷ mam-gu

. . . ond mae gardd Mam-gu yn wahanol iawn i'r holl erddi eraill. Dros y blynyddoedd mae wedi mynd yn fwy a mwy gwyllt.

Drws nesaf i Mam-gu mae Mr Gwyn yn byw. Mae e'n cadw'i ardd yn hynod o daclus.

Mae ei flodau'n sefyll fel milwyr
mewn rhes . . .

. . . ac mae ei lawnt mor llyfn â
bwrdd snwcer.

Mae'n torri ei glawdd bob dydd
Mawrth . . .

. . . ac yn mesur y borfa bob dydd
Gwener i weld a oes angen ei thorri.

Bob blwyddyn mae Mr Gwyn yn cystadlu ar gystadleuaeth 'Yr Ardd Fwyaf Taclus yng Nghwmgarddwrn'.

A thair blynedd o'r bron, mae e wedi cipio Gwobr y Can Dŵr Arian.

Mae Mam-gu, fel Mr Gwyn, yn treulio llawer o amser yn yr ardd. Ond yn wahanol iawn i Mr Gwyn dyw hi ddim yn treulio llawer o amser yn garddio.

Gwell gan Mam-gu eistedd yn dawel
a gwrando ar y gwenyn yn suo a'r
adar yn trydar.

Mae Mr Gwyn bob amser yn cynnig
llawer o awgrymiadau . . .

ac yn mynnu tynnu sylw Mam-gu at
yr hysbysebion yn y papur lleol.

Ond dyw Mam-gu ddim yn cymryd fawr o sylw.

Er hynny, roeddwn i'n synhwyro ei bod yn dechrau gofidio ynghylch ei awgrymiadau. Felly ar ddechrau gwyliau'r haf, cynigiais roi help llaw.

Pennod Dau

Gyda'n gilydd, aeth Mam-gu a
minnau ati i weithio ar yr ardd. Fe
docion ni'r dail poethion.

Fe dorron ni'r drysni.

Fe dynnon ni'r chwyn.

Fe dorron ni'r borfa
a'i rholio'n wastad.

Fe weithion ni'n ddiwyd bob dydd am bythefnos.

O'r diwedd roedd gardd Mam-gu yn edrych bron mor daclus ag un Mr Gwyn. Fe eisteddon ni yn ein cadeiriau haul ac edrych o gwmpas.

'Wel, mae'n edrych yn deidi,' meddai Mam-gu.

'Odi glei,' cytunais.

Ac yn wir, roedd hi'n hyfryd.

Roedd yr ardd wedi creu argraff hyd yn oed ar Mr Gwyn.

Ond sylwodd Mam-gu nad oedd cymaint o ymwelwyr bach yn dod i'w gardd.

Pennod Tri

Aeth yr wythnosau heibio, a chydag ychydig o help, dechreuodd gardd mam-gu edrych yn debycach i sut yr arferai fod.

Pan welodd Mr Gwyn pa mor wyllt
oedd yr ardd yn dechrau edrych,
doedd e ddim yn hapus.

Awgrymodd ychydig o bethau.

Ond y tro hwn, ni chymerodd mam-gu unrhyw sylw ohono. Eisteddodd yn gyfforddus yn ei chadair a gwylio'r borfa'n tyfu.

Roedd hi wrth ei bodd
â'r llygad y dydd . . .

. . . roedd hi'n caru'r
blodau menyn . . .

. . . ac roedd hi'n
dwlu ar y dant y llew
oedd yn drwch
dros ei lawnt.

Wrth i'r dail poethion ddychwelyd,
daeth y chwilod a'r ieir bach yr haf
yn eu holau hefyd.

Ac wrth i'r drysni dyfu unwaith eto,
dychwelodd yr adar a'r gwenyn.

Roedden ni am ddenu hyd yn oed
mwy o fywyd gwyllt, felly dyma osod
bwrdd adar ar y lawnt . . .

. . . yna fe balon ni dwll . . .

. . . a'i orchuddio â phlastig
i wneud pwll.

Cyn bo hir, roedden ni'n gwylio adar
yn bwydo . . .

. . . a brogaod a madfallod yn
chwarae yn y pwll.

Ond doedd pawb ddim wrth eu bodd.
Mr Gwyn, er enghraifft.

Ond roedd Mam-gu yn teimlo'n hapusach nag y bu ers tro. Roedd wrth ei bodd yn sylwi ar y sioncyn y gwair a'r fuwch goch gota.

Daeth Mam-gu hyd yn oed yn
ffrindiau â draenog oedd yn dod
i ymweld â hi bob nos. Roedd ei
jyngl ar ei newydd wedd yn destun
balchder mawr iddi.

Pennod Pedwar

Un pnawn, wrth i Mam-gu a minnau
roi ychydig o fwyd allan i'r adar,
clywais leisiau'n dod o ardd Mr
Gwyn.

Yn sydyn dyma ddyn dieithr yn codi
ei ben dros y ffens.

'Hafan i Fywyd Gwyllt?' meddai
Mam-gu.

Dywedodd y dyn dieithr mai Twm Llwyd oedd ei enw.

Gyda hynny, dyma Mr Gwyn yn ymddangos wrth y ffens. Doedd e ddim yn edrych yn rhy hapus.

Aeth Twm Llwyd yn ei flaen:

Dechreuodd Mr Gwyn gynhyrfu.

'Ga i ddod draw?' gofynnodd Twm.
'Siŵr iawn!' meddai Mam-gu.

Eglurodd Twm ynglŷn â'r gystadleuaeth.

Es i a Mam-gu ati i dywys Twm o gwmpas yr ardd.

Wrth i Twm archwilio mwy a mwy o'r ardd, aeth yn fwy a mwy cynhyrfus.

Gwnaeth lawer o nodiadau, ac yna
o'r diwedd gofynnodd:

Roedd Mam-gu wedi cael sioc ofnadwy,
ond rhywsut llwyddodd i fwmian 'iawn'.

Pennod Pump

Wythnos yn ddiweddarach,
derbyniodd Mam-gu Wobr y Can
Dŵr Arian oddi wrth Twm Llwyd.
Roedd pawb wrth eu bodd.

Pawb, hynny yw, heblaw am Mr
Gwyn. Doedd e ddim yn cytuno o
gwbl â'r canlyniad.

Ond doedd dim y gallai Mr Gwyn
ei wneud ynglŷn
â'r peth.

45

Lledodd y newyddion am ardd Mam-gu
fel tân gwyllt. Ymhen dim roedd hi'n
dangos pobl ddieithr o amgylch yr ardd.

Nawr mae pobl eraill yn y stryd hefyd
yn gwerthfawrogi gardd Mam-gu.

Ond yn fwy pwysig na dim, mae'r adar, y gwenyn a'r ieir bach yr haf yn cytuno mai Gardd-Jyngl-Hafan-Bywyd-Gwyllt Mam-gu yw'r peth gorau oll am Gwmgarddwrn.